AF234718

Rüdiger Schneider

Cafezinho

Personen und Handlung sind frei erfunden, Ähnlichkeiten oder gar Übereinstimmungen mit Namen rein zufällig.

Rüdiger Schneider

Cafezinho

Novelle

Bibliografische Information der Deutschen
Nationalbibliothek: Die Deutsche
Nationalbibliothek verzeichnet diese Publikation in
der Deutschen Nationalbibliografie; detaillierte
bibliografische Daten sind im Internet über
http://dnb.d-nb.de abrufbar.

© Rüdiger Schneider 2022
Coverfoto: www.shutterstock.com - 485518054

Herstellung und Verlag: BoD - Books on Demand,

Norderstedt

ISBN: 9783756239306

1

Es ist ein schöner, angenehm warmer Sommertag Anfang August. Gegen Mittag. Wir schreiben das Jahr 2022. Wie immer sitzt Maximilian Ende nach der Schule vor dem Kölner Hauptbahnhof, es ist die Domseite, an einem der Tische einer kleinen Eckkneipe und genießt sein Entspannungskölsch. So nennt er es. Unterrichten ist anstrengend. Nach dem dritten, manchmal auch vierten Bier wird er in die Straßenbahn steigen und nach Rodenkirchen fahren, wo er mit seiner Frau in einem Einfamilienhaus wohnt. Er kann sich nicht beklagen. Er hat Arbeit, ein Dach über dem Kopf, muss keinen Hunger leiden, könnte trinken, soviel er wollte, liebt seine Frau, muss sich jedoch eingestehen, dass die Leidenschaft und die Lust des Anfangs nach fünfzehn Jahren Ehe einer ereignislosen Gewohnheit gewichen ist.

Statt nach dem Unterricht ein paar Meter nach rechts zur Haltestelle der Straßenbahn an der Severinsbrücke zu gehen, zögert er die Heimkehr hinaus und wandert von einem altehrwürdigen Gymnasium, bei dem wir allerdings

Zweifel haben, ob es unter dem Druck neuer Richtlinien und staatlicher Vorschriften seinen humanistisch-liberalen Charakter behalten hat, lieber nach links anderthalb Kilometer zum Hauptbahnhof, überlässt sich dem Getümmel der Hohe Straße und dem Treiben auf der Domplatte, bewundert dabei jedes Mal noch den Willen und die Baukunst des Mittelalters. Wer denn würde in der neuen, modernen Zeit noch einen Dom oder eine Kathedrale bauen?

Jetzt saß er da vor der Kneipe an jenem Freitag des 12. August. Die Sommerferien waren gerade seit drei Tagen zu Ende. Ein paar Wochen hatte er mit Mathilde an der Nordsee verbracht, den Rest im heimischen Garten. Er bestellte sich ein zweites Kölsch, beobachtete, wie die Menschen aus dem Bahnhof strömten oder hineinliefen. Manchmal war eine Frau dabei, die ein Kleid trug. Er fand das ansprechend und reizvoll feminin. Meistens aber waren bei den Frauen Hosen angesagt. Bei seinen Kolleginnen an der Schule gab es nicht eine einzige, die er jemals in einem Kleid gesehen hatte.

Die Kneipentür zu den Tischen nach draußen hin war offen, so dass er den

Radiosender hören konnte, der eine Reihe von Oldies spielte. Als ‚I can't get no satisfaction' kam von den Rolling Stones, überlegte er, wann er das letzte Mal mit Mathilde geschlafen hatte. Waren es zwei, drei oder sogar vier Jahre? Er wusste es nicht mehr. So alt waren sie doch gar nicht, als dass der Sex keine Rolle mehr gespielt hätte. Er war 48, sie 45. Ob der Lehrerberuf einem die Lust raubte? Sie ging ja dcmselben Beruf nach. Gott sei Dank an einer anderen Schule. ‚I can't get no satisfaction'. Er musste sich eingestehen, dass es nicht nur den Sex betraf. Das Leben, sein Leben überhaupt. Was hatte er von der Welt gesehen? Das Übliche. Urlaube auf Mallorca, Kreta, an Nord- und Ostsee, ein paar Mal Spanien. Nach der Pension würden wahrscheinlich Kreuzfahrten kommen oder Wanderungen durch die Eifel. Vielleicht auch gar nichts mehr, weil einen der Schulberuf verschlissen hatte und man froh war, noch auf dem heimischen Balkon oder der Terrasse sitzen zu können. Wohin würde das führen? Zu einer späten Trauer um das nicht gelebte Leben?

Er liebte die fetzigen Songs der Stones, die dreckige Stimme von Mick Jagger.

‚Paint it black' zum Beispiel. Er kannte sogar die Lyrics.

"I see a red door and I want it painted black. I see the girls walk by dressed in their summer clothes. I have to turn my head until my darkness goes."

2

Er saß allein an seinem Tisch. Die anderen Tische waren voll belegt. Da sah er eine Frau, die aus dem Eingang des Hauptbahnhofs kam, stehen blieb, sich suchend umsah. Sie trug ein langes türkisfarbenes Kleid. Jetzt ging sie über den Bahnhofsplatz zu der Reihe der wartenden Taxis. „Sie wird jetzt in das vordere einsteigen und irgendwohin fahren", dachte Maximilian Ende. Aber sie ging an den Taxis vorbei, steuerte geradewegs auf die kleine Kneipe zu, blieb davor stehen, zögerte einen Moment, kam dann zu seinem Tisch, fragte: „Darf ich mich zu Ihnen setzen?" – „Aber ja doch!" antwortete er.

Sie setzte sich. Mit einem Lächeln, das Verlegenheit ausdrücken mochte, aber da war er sich nicht sicher, sagte sie: „Ich brauche jetzt einen Kaffee." Die Kellnerin kam. „Einen Kaffee bitte!" Als die Bedienung gegangen war, bemerkte sie zu ihm gewandt: „Bei uns würde ich jetzt sagen: „Um cafezinho, por favor!"

„Spanien?" fragte er.

„Nein, Brasilien. ‚Cafezinho' sagen wir, wenn es ein besonderer sein soll. Der erste heute nach einem anstrengenden Sightseeing."

Er wunderte sich über die Selbstverständlichkeit, mit der sie ein Gespräch in Gang setzte. Diese Unbefangenheit, in Kontakt zu kommen! Das war er gar nicht gewohnt. Sie hatte anscheinend nicht diese Zurückhaltung und Distanz, wie sie in Deutschland meist üblich war. Die Frau mochte im gleichen Alter sein wie er. Aber eher jünger. Anfang vierzig vielleicht. Er bemerkte, wie sein Herz ein paar Takte schneller schlug. Was für ein Freitag! Dass sich ausgerechnet eine Brasilianerin zu ihm setzte! Sie war schön. Eine schöne, reife Frau. Aber wie sollte man Schönheit beschreiben? Mit dem kastanienbraunen Haar, das bis auf die Schulter fiel? Mit dem Lächeln der Augen, wenn sie sprach? Mit den Lippen, die, wenn sie sich öffneten, eine Reihe makellos weißer Zähne zeigten? Mit der Kleidung, die ihm so wunderbar feminin schien? Das türkisfarbene Sommerkleid. Es sah nach Seide aus. Die roten Sandaletten hatte er sofort bemerkt, als sie auf seinen Tisch zusteuerte. War Schönheit ihr unbefangenes charmantes Wesen, das sein Herz höher schlagen ließ? Aber warum sollte er darüber nachdenken, sich eine Definition von Schönheit überlegen? Jetzt kam es darauf an, im Gespräch zu bleiben, sich über das Wunder des 12. August zu freuen.

„Sie sprechen ausgezeichnet Deutsch. Wie kommt das?"

„Ich bin in Brasilien in einer deutschen Kolonie aufgewachsen. In Blumenau. Kennen Sie das?"

„Nein, ich weiß noch gar nichts von Brasilien. Weiß nur, dass sie wunderbar Fußball spielen. Fünfmal Weltmeister."

Sie lachte. „Na ja, dann vergessen wir mal das Jahr 2014. Rio. 7:1. Eine Tragödie."

„Ein Glückstag der Deutschen. Es hätte auch anders laufen können. Wenn ich fragen darf: Was verschlägt Sie nach Germanien?"

„Ich besuche hier in Köln meine Schwester. Sie ist mit einem Deutschen verheiratet. Bin vor zwei Tagen angekommen, bleibe noch zwei Wochen."

„Dann zurück nach Brasilien?"

„Ja. Nach Bahia. Ich habe dort eine kleine Kaffeeplantage. Wussten Sie, dass wir die meisten Kaffeeplantagen der Welt haben? Da sind wir wirklich die Nummer Eins. Wie Deutschland beim Bier."

„Bahia? Liegt wo?"

„Gut anderthalb tausend Kilometer nördlich von Rio. Es ist dort tropisch. Im Süden Brasiliens ist jetzt noch eher Winter. Der Sommer beginnt dort, wenn in Deutschland der Herbst anfängt."

Die Kellnerin kam mit dem Kaffee. Er bestellte sich ein weiteres Kölsch, vergaß, dass er mit Mathilde einen Termin vereinbart hatte.

3

Zwei Stunden saßen sie zusammen, erzählten, lernten sich kennen. Sie hieß Chiara.

„Ein in Brasilien eher seltener Name", erklärte sie. „Er hat einen italienischen Ursprung. Mein Großvater war Italiener.

Er hat eine deutsche Frau geheiratet. Sie sind nach Brasilien ausgewandert."

Sie hatte sich einen zweiten und auch dritten Kaffee bestellt. Beim dritten einen Grappa dazu. Jetzt erzählte sie ihm, dass ihr Mann vor fünf Jahren bei einem Motorradunfall ums Leben gekommen war.

„Tut mir leid", sagte er. „Sie machen die ganze Arbeit jetzt alleine?"

„Nein. Ich habe einen Verwalter, Paulo. Aber er ist in die Jahre gekommen und schafft das bald nicht mehr."

Dann kam ihre Frage. „Sie sind verheiratet?" wollte sie wissen.

„Ja", sagte er knapp und hätte fast hinzugefügt „leider".

„Kinder?"

„Nur einen Hund. Nein, ist ein Scherz."

Sie lachte, fragte nicht weiter nach einem Grund.

Stattdessen sagte sie: „Ich habe Hunger. Sie kennen sich doch bestimmt hier aus. Darf ich Sie einladen?"

„Rasant, rasant", dachte er. „Brasilianisches Temperament und Tempo." Er hatte das Gefühl, dass er ihr auch sympathisch war. Und so antwortete er: „Gerne! Ich kenne hier in der Nähe ein kleines vietnamesisches Restaurant. Naja, Restaurant ist übertrieben. Es ist eher eine Imbissbude. Aber gemütlich. Und sie kochen ausgezeichnet."

„Einverstanden", stimmte sie zu.

Er stand auf, ging zur Theke, zahlte. Als er wieder draußen war, wollte sie die Rechnung teilen. Er winkte ab. „Nein, nein! Es war ein wunderbares Vergnügen. Ich freue mich, dass wir es jetzt fortsetzen können."

Beim Vietnamesen tauschten sie Telefonnummern aus, waren zum ‚Du' übergegangen.

„Darf ich dich Morgen wiedersehen?" fragte er.

„Ja, aber es geht erst am Abend."

Ein paar Sekunden überlegte er. Was sollte er Mathilde sagen? Aber dann fiel ihm ein, dass sie an diesem Samstag ihren, wie sie es nannte, Mädelsabend hatte. Sie würde froh sein, wenn er sich mit irgendeinem Grund verabschiedete.

„Kölner Hauptbahnhof?", schlug er vor. „Dieselbe Kneipe?"

„Okay. Acht Uhr."

Beim Abschied lächelte sie, küsste ihn leicht auf die Wange. Erst auf der Fahrt nach Rodenkirchen fiel ihm ein, dass er den Termin mit Mathilde verpasst hatte.

4

„Max, du weißt, dass wir am Nachmittag zu Ikea wollten", empfing ihn Mathilde. „Aber dem Herrn ist es ja gleichgültig, wenn seine Frau ein neues Regal für ihre Bücher braucht. Du hattest dein Handy abgeschaltet und hast es noch nicht einmal für nötig befunden, mich anzurufen. Noch nicht einmal eine SMS. Morgen ist Samstag. Ich habe keine Lust auf das Getümmel."

Sie hatte sich mit einem vorwurfsvollen Blick vor ihm aufgebaut. Wie eine Herrin, die ihren Sklaven zurechtweist. Eigentlich ist sie ja auch ganz hübsch, dachte Maximilian. Aber sie hat etwas Strenges, Unerbittliches, mit dem ich nicht klarkomme.

„Wo bist du eigentlich gewesen? Freitags ist doch nach der vierten Stunde Schluss."

Auf der Fahrt nach Rodenkirchen hatte er sich Ausreden überlegt. Überraschend angesetzte Konferenz oder eine

Fachschaftssitzung in einem seiner beiden Fächer. In Deutsch oder in Philosophie. Bei der Philosophie würde er sagen: Es ging darum, ob man auch das Wunder in die Philosophie mit einbeziehen darf. Phänomenologie des Wunders. Nicht nur Schicksal oder Fügung. Bei Deutsch würde er behaupten, es ging um sprachliche Bereinigung. Darf man noch sagen ‚schwarzes Schaf‘ oder ist das eine Diskriminierung? Dass er sich mit einer Brasilianerin, die sein Herz höher schlagen ließ, verhockt hatte, konnte er nicht als Entschuldigung anbringen. Gegen die Ethik der Wahrheit zu verstoßen, war auch nicht sein Ding. Einfach schweigen? Schwierig.

„Du hast eine Fahne", sagte sie. „Rieche ich auf drei Metern. Am Alkohol geht die Welt zugrunde."

„An den paar Kölsch gewiss nicht. Eher an deiner Unlust und deinen Prinzipien", erwiderte er trotzig. Mathilde trank nicht. Noch nicht einmal alkoholfreien Sekt.

„Du siehst doch, wohin das führt. Bei uns im Kleinen, bei der Welt im Großen. Wie kann man nur fünf Stunden in einer Kneipe verbringen!?"

„Ich war nicht nur in der Kneipe. Ich hatte Hunger und war noch beim Vietnamesen."

„So, so. Der Herr geht neuerdings auswärts essen."

„Ich bin einem Bedürfnis gefolgt."

„Deine Bedürfnisse! Dass man so etwas auf Schüler loslässt!"

„Sie sind ganz zufrieden mit mir."

„Wir wollen nicht darüber reden. Du kennst meine Einstellung."

Mathilde war Lehrerin an einem Gymnasium in Köln-Sülz. Fächer Mathematik und Physik. Sie war bei den Schülern gefürchtet. Streng, aber gerecht. Der Lohn war Ruhe im Unterricht, was man bei Maximilian Ende nicht immer behaupten konnte. Im Gegensatz zu ihrem Mann hatte sie es schon zur Studiendirektorin gebracht.

Er musste an Chiara denken und lächelte.

„Du bringst mich mit deinem Grinsen auf die Palme."

„Das ist kein Grinsen", entgegnete er. „Es ist die Erinnerung an fünf schöne Stunden. Ich habe über Wunder nachgedacht."

„Wunder? Was für Wunder?"

„Die Schönheit und die Zugänglichkeit der Welt."

Sie schüttelte den Kopf. „Du bist ja noch vernebelt. Der Abend ist gelaufen. Mach dein Abendbrot selbst, falls du noch Hunger hast. Aber Bier macht ja auch satt."

Mathilde marschierte ab in ihr Arbeitszimmer.

Hier tickt von heute an eine Bombe, dachte Maximilian Ende.

5

Er hatte sich in sein Arbeitszimmer zurückgezogen. Arbeitszimmer war übertrieben, war nicht ganz richtig. Genauso gut war es ein Wohnzimmer. Sicher, es gab Bücherregale und einen Schreibtisch und das übliche Inventar. Computer, Drucker, Papierstapel. Aber es gab eben auch noch ein gemütliches Sofa, Fernseher und Stereoanlage. Das Einfamilienhaus war geräumig. Es verfügte auch über zwei Schlafzimmer. Sie schliefen getrennt, weil er schnarchte. Ihn hätte Schnarchen nicht gestört. Schnarcht die

Frau neben mir, dachte er, weiß ich, sie ist lebendig.

Für den Bau des Hauses hatten sie noch nicht einmal einen Kredit aufnehmen müssen. Was einfach gewesen wäre bei Beamten im Doppelpack. Der Schwiegervater hatte die Finanzierung übernommen. Mathilde kam aus einer reichen Familie. Da wurden, überlegte Maximilian, trotz aller Liebe die Weichen schon falsch gestellt. Ihm waren Geld, Reichtum völlig egal. Dass er dann überhaupt Lehrer geworden war, war möglicherweise auch ein Fehler gewesen. Aber man hatte ihm in den Ohren gelegen mit der Sicherheit des Beamtentums. Und er war darauf eingegangen, hatte geheiratet, obwohl ihm schon am Altar nicht mehr danach zumute war. Der Trieb kurz vor dem Ja-Wort aus der Kirche zu laufen, war da bei ihm aufgezuckt. Aber er war brav gewesen, skandalscheu. Das konnte man doch nicht machen. Die Gäste, die Familie, eine entsetzte Mathilde. Lieber den bequemen Weg. Bis zur Pensionierung an derselben Schule, geregelte Ferien, Reisen, die man sich leisten konnte.

Eine Inflation, wie sie zur Zeit begann, konnten sie locker wegstecken. Russische

Atombomben allerdings nicht. Irgendwie hing eine Bedrohung über der Zeit. Krisen, Krisen, Krisen. Corona, Klima, Krieg, Inflation, Energie. Man konnte depressiv werden. Was war bloß in der Welt los? Manchmal war es grotesk, absurd, belastend. Er dachte zum Beispiel an eine Unterrichtsstunde in der Jahrgangsstufe Dreizehn. Da hatten sie Schillers ‚Wilhelm Tell' durchgenommen. Wegen Corona mit Maske vor Mund und Nase. Die Verbeugung vor dem Hut des Tyrannen. Tell hatte den Gehorsam verweigert. Er, Maximilian Ende, hatte darüber maskiert reden müssen. Nach der Stunde hatte er sich geschämt. Aber gab es einen Ausweg, so etwas zu vermeiden? Die Brocken einfach hinschmeißen. Verweigerung. Und dann? Kein Geld mehr. Ab auf die Straße. Da war er lieber gehorsam gewesen. Das war bequemer, schadete aber der Seele. Eine Alternative? Die sah er nicht. Ein Handwerk zu lernen wäre besser gewesen. Dachdecker oder Tischler wurden immer gebraucht. Auf einem Dach hätte er ohne Maske herumturnen können.

Und dann dieses abscheuliche Impfen, Testen, Boostern! Orgien des Wahnsinns. Im Moment war Ruhe. Aber im Herbst würde der Zirkus wieder losgehen. Er hatte Chiara gefragt: „Wie war das denn mit Corona in Brasilien?"

Sie hatte gelächelt. „Kannst du mit uns nicht machen. Unser Präsident, Bolsonaro, hat gesagt: ‚Es ist eine Schande, in das menschliche Immunsystem einzugreifen.' Aber davon abgesehen, ich bin kein Bolsonaro-Fan. Auch nicht von Lula, dem Gegenkandidaten. Im Oktober sind Wahlen. Mal sehen."

Ein schöner Tag, ein schöner Tag war das gewesen. Nahezu ein Wunder. Oder Schicksal, Fügung. Dass diese charmante und sympathische Brasilianerin sich ausgerechnet an seinen Tisch gesetzt hatte! Morgen würde er sie wieder treffen. Wie gut, dass Mathilde ihren Mädelsabend hatte!

6

Beim gemeinsamen Frühstück am Samstagmorgen herrschte Einsilbigkeit, was nicht an Mathilde lag. Maximilian hatte keine Lust auf Diskussionen, war in Gedanken schon beim kommenden

Abend. Nur einmal der Versuch, die Stimmung zu verbessern.

„Dann gehen wir eben am Montag zu Ikea", hatte er vorgeschlagen.

„Werden wir sehen, ob du dir das merken kannst", hatte sie geantwortet.

Für den ‚Mädelsabend' kamen drei Kolleginnen von Mathilde. Dann wurde hauptsächlich über Schule geredet, manchmal auch gelästert, wie man die Männer bei Beförderungen austricksen konnte. Aber auszutricksen war da nichts. Es gab eine Frauenquote. Er selbst hatte die Bewerbung für eine Beförderung immer abgelehnt, wollte mit dem Gerangel nichts zu tun haben. Einmal war die Direktorin in der großen Pause zu ihm gekommen.

„Herr Dr. Ende, sehen Sie doch bitte einmal auf das ‚Schwarze Brett'. Da ist eine Oberstudienrat-Stelle ausgeschrieben."

Er hatte abgewunken. „Nein, danke! Wird doch sowieso wieder eine Frau. Außerdem klingt Oberstudienrat nach Oberkellner. Da verdien ich mir lieber auf dem Flohmarkt was dazu."

Von da an war das Verhältnis zu seiner Chefin ein wenig zerrüttet.

Von den Kolleginnen, die zu Mathilde kamen, war ihm nur eine sympathisch. Während die anderen Drei bei Mineralwasser diskutierten, knackte die sich ein Döschen Bier und ging ab und zu hinaus in den Garten, um eine Zigarette zu rauchen. Das Bier hatte sie nach draußen mitgenommen, stand da und schien zu überlegen, ob sie weiter an der Runde teilnehmen sollte. So hatte er es von seinem Arbeitszimmer aus beobachtet.

„Was hast du heute Abend vor?" fragte ihn Mathilde. „Verdirb uns bitte nicht die gute Laune!"

„Kein Problem. Ich fahre nach Köln in meine Lieblingskneipe."

„Komm bloß nicht besoffen nach Hause! Sonst leg dich bitte in das Gartenhäuschen und schlaf deinen Rausch aus!"

Bevor am Abend die erste Kollegin klingelte, war er verschwunden und saß bereits um halb acht an einem der Tische draußen vor der Kneipe am Hauptbahnhof und hatte eine Tasse Kaffee vor sich. Was hatte Chiara ganz am Anfang ihrer Bekanntschaft zu ihm gesagt? „Um cafezinho, por favor!"

7

„Der Kaffee muss schwarz sein wie der Teufel, heiß wie die Hölle, rein wie ein Engel und süß wie die Liebe."

Chiara hatte ihm beim Vietnamesen einige Geschichten aus der Welt des Kaffees erzählt. Darunter war dieses Zitat gewesen, das von irgendeinem kaffeebesessenen Adligen stammte. Kaffee war auch das Getränk der französischen Revolution gewesen. Über den Abgesandten eines türkischen Großwesirs war er nach Frankreich gekommen, hatte den Hof des Sonnenkönigs erreicht und war später vor dem Sturm auf die Bastille in den Pariser Kaffeehäusern das bevorzugte Getränk der französischen Revolutionäre. Brasilien war erst spät mit dem Kaffee vertraut geworden. Ein französischer Seemann hatte unerlaubt unter Androhung der Todesstrafe Samen mit nach Rio genommen. Jetzt war Brasilien, was die Kaffeeplantagen betraf, die Nummer Eins in der Welt.

Mathilde würde sich täuschen. An diesem besonderen Abend keinen Alkohol, kein Gartenhäuschen. Kaffee und warten auf Chiara. Die ,Stones' fielen ihm wieder ein. ‚Paint it black. I see a red door and I want it painted black… I have to turn my head… go turn a deeper blue… my love will laugh with me before the morning comes.'

Die rote Tür. Rot – das Stoppzeichen. Das Leben mit Mathilde und der Schule. Eine Schiene bis zum Tod. Einbahnstraße. Schwarz – die Nacht, die unbekannte Zukunft. Go turn a deeper blue. Geh und werde ein tieferes Blau. Wie würde das weitergehen, was gerade erst angefangen hatte? War das nicht zu rasant gegangen? Gestern noch die erste Bekanntschaft aus heiterem Himmel, und jetzt saß er hier zu einem abendlichen Rendezvous. Steigerte er sich in etwas hinein, täuschte sich? Sie war doch nur eine Touristin, die für zwei Wochen in Köln war und dann 12 000 Kilometer zurückflog nach Brasilien. Oh Max, oh Max! Auf welches Eis begibst du dich!? Aber verdammt noch mal! Hat dein Herz nicht höher geschlagen, als sie bei dir saß? Was ist mit ihren Gefühlen für dich? Kann das alles so schnell gehen? Aber braucht das sich Verlieben eine bestimmte Zeit? Einen Tag, eine Woche, einen Monat, ein Jahr? Nein. Der Blitz kommt rasch. Das geht mit Lichtgeschwindigkeit.

Er war nervös. Würde sie überhaupt kommen? Er hatte das Handy neben sich liegen, starrte auf das Display, wünschte sich, dass dort keine Meldung käme. ‚Sorry, muss heute Abend bei meiner Schwester bleiben' oder so ähnlich.

Ab und zu nahm er einen Schluck Kaffee, sah zum Eingang des Hauptbahnhofs, senkte dann wieder den Kopf, starrte auf das Display. Bis ihm jemand auf die Schulter klopfte und sagte: „Boa noite!" Guten Abend.

8

Er sah überrascht auf. Sie stand hinter ihm, lächelte. Sie trug ein taubenblaues, langes Sommerkleid mit floralen Ornamenten. An den Füßen steckten jetzt weiße Sandaletten. Er stand auf, nahm sie in den Arm. „Schön, dass du gekommen bist!" Sie setzte sich. „Kaffee, Bier?" überlegte sie laut, sagte dann: „Nein, cafezinho. Zunächst. Später können wir ja noch etwas anderes trinken."

„Seltsam", meinte er. „Ich habe das Gefühl, wir würden uns schon lange kennen."

„Mir geht es genauso", gestand sie. „Ich weiß nicht, was es ist. Aber muss man es erklären? Nein."

Nachdem sie ihren Kaffee getrunken hatte, fragte sie: „Gehen wir essen? Du siehst, Brasilianerinnen können hungrig sein."

„Gerne. Wohin denn? Ich meine: deutsche Kost, italienisch, griechisch, chinesisch, portugiesisch?"

„Ganz einfach. Ich liebe Tradition. Gehen wir wieder zu dem Vietnamesen."

Dort erzählte sie ihm, weil er danach fragte, von ihrer Arbeit auf der Plantage.

„Wie sieht so ein Kaffeestrauch eigentlich aus?" wollte er wissen.

„Strauch? Das ist ein Baum. Der kann 12 Meter hoch und 50 Jahre alt werden. Wir schneiden die Bäume aber auf drei Meter zurück. Dann kann man besser ernten. Der Kaffeebaum hat schöne, schneeweiße Blüten, die wie Jasmin duften. Dann bekommt er rote Früchte. Wie kleine Kirschen sehen die aus. Die tiefroten werden von Hand gepflückt. In jeder Kirsche sind zwei Kerne beziehungsweise Bohnen. Die Kaffeekirschen trocknen wir in der Sonne, bis sich das Fruchtfleisch ablöst und die Bohnen frei sind.

Fehlerhafte Früchte werden vorher aussortiert. Diesen Trocknungsprozess muss man andauernd kontrollieren und die überfermentierten Früchte aussortieren. Na ja, nach diesem Prozess geht es ab in den Sack und auf Reise. Das ist dann der Rohkaffee, der noch geröstet werden muss, bevor er als Kaffee in deiner Tasse landet. Um den Kaffee herum gibt es übrigens zahlreiche Berufe. Nicht nur auf der Plantage. So gibt es zum Beispiel auch einen Sommelier. Wie beim Wein. Also jemanden, der den Kaffee abschmeckt und beurteilt."

„Seltsam", meinte er. „Da trinkt man täglich Kaffee und weiß gar nicht, wie der Weg vom Baum in die Tasse eigentlich verläuft."

„Wenn du möchtest, kannst du mich ja in Bahia besuchen. Dann siehst du alles."

„Wirklich? Nach Bahia?"

„Ja. Das ist ernst gemeint."

9

„Was sagt deine Frau dazu, wenn du an einem Samstagabend nicht da bist?"

„Nichts. Sie freut sich."

„Freut sich?"

„Ja. Sie hat Frauenabend. Da bin ich unerwünscht."

„Und wenn du auch über Nacht wegbleibst?"

„Freut sie sich nicht mehr. Aber ich mich."

Chiara lächelte, nahm seine Hand.

„Wollen wir es versuchen? Aber halte mich bitte nicht, wie sagt ihr?, für ein leichtes Mädchen. Du warst mir von Anfang an sympathisch. Ich glaube, ich bin verliebt."

„Wow! Dann machen wir es. Hotel?"

„Ja. Aber ich muss meine Schwester anrufen. Sonst macht sie sich Sorgen."

„Was willst du sagen?"

„Die Wahrheit. Sie wird mich zwar für verrückt halten. Aber ich bin alt genug, um für mich selbst zu entscheiden. Du kennst ein Hotel?"

„Ja. Hotel ‚Domblick'. Drei Minuten zu Fuß vom Hauptbahnhof. Ein freundlicher Familienbetrieb. Und nicht zu teuer."

„Du warst öfter dort?"

„Nein. Nur einmal. Nach einem Streit mit Mathilde, meiner Frau."

Er schüttelte den Kopf. „Meine Frau. Kann ich das überhaupt noch sagen? Schon lange nicht mehr."

Er nahm sein Smartphone. Google. Die Suche. Dann war sie da. Die Telefonnummer. Er rief an.

„Ja. Sie haben Glück. Es ist noch ein Doppelzimmer frei."

„Bitte reservieren sie es. In einer halben Stunde sind wir da. Meine Telefonnummer haben Sie ja auf Ihrem Display."

Chiara hatte ihren Kopf auf die Hände gestützt, sah ihn an, lächelte. Dann griff auch sie zum Handy. Sie hatte es auf laut geschaltet. Eine Frauenstimme meldete sich: „Chiara. Onde estás?"

„Sprich Deutsch! Ich bin nicht alleine. Ich bleibe diese Nacht im Hotel, komme Morgen gegen Mittag."

„Was ist denn los?"

„Erzähle ich dir Morgen. Mach dir keine Sorgen. Alles ist gut."

„Você está maluca! Du bist verrückt!"

„Nein. Es geht mir gut." Chiara legte auf.

„Da haben Sie Glück gehabt", sagte der Mann an der Rezeption. „Normalerweise sind wir am Wochenende voll belegt. So, Herr Ende, dann brauche ich Ihren Personalausweis oder den Reisepass und Sie füllen bitte für sich und Ihre Frau dieses Formular aus."

Er reichte seinen Personalausweis, überflog das Anmeldeformular, füllte es aus. Chiara sah ihm dabei zu. Als er ihren Nachnamen einzutragen hatte, zögerte er für eine Sekunde. Er wusste ihn nicht, noch nicht, konnte sie aber nicht fragen, weil der Mann an der Rezeption dabei war. Er hatte sie ja als seine Frau angekündigt. Da er gerne Fußball sah, erinnerte er sich an den Nachnamen des Brasilianers Neymar und trug ein ,Chiara da Silva'. Bei ihrem Geburtsdatum erfand er einfach etwas. Trug den 12. Februar ein, 1982.

Angekommen in einem kleinen, sauberen Zimmer, es hätte ihm nicht klein genug sein können, umarmten und küssten sie sich.

„Du bist ja raffiniert", flüsterte Chiara ihm ins Ohr. „So heiße ich doch gar nicht."

„Was sollte ich machen? Kann dich ja als meine Frau schlecht fragen, wie du mit Nachnamen heißt. Der Mann stand dicht dabei. Da habe ich den Nachnamen von Neymar genommen. Wie heißt du denn wirklich?"

„Chiara Oliveira. Und danke für das Geburtsdatum. Ich bin nicht 40, sondern 45. Sternzeichen Wassermann stimmt auch nicht. Ich bin Stier. Fünfter Mai."

Die Ereignisse dieser Nacht überspringt der Erzähler aus Höflichkeit und mit einer gewissen Diskretion, versichert aber, dass die Beiden am nächsten Morgen hochvergnügt und fröhlich beim Frühstücksbuffet saßen. Auch sei mitgeteilt, dass sie sich für den nächsten Tag, also den Montag, wieder in der Kneipe am Hauptbahnhof verabredeten. Bleiben wir aber zunächst beim Sonntag, beim Sonntagmittag, als Maximilian Ende, jetzt etwas weniger vergnügt, auf der Fahrt nach Rodenkirchen ist. Was soll er sagen? Er weiß es noch nicht. Soll er sich ins Gartenhäuschen schleichen und von dort aus bei Mathilde erscheinen? Geht nicht. Sie hat gewiss schon nachgesehen. Wie wird sie reagieren? Irgendwie ist es ihm egal. Die Nacht war es wert. Und er freut sich auch auf den nächsten Tag, wenn die Schule aus ist und er Chiara wieder trifft. I see a red door and I want it painted black. Nein, Mathildes Tür war rot und die andere, die der Brasilianerin, nicht schwarz, sondern eher ein Blau wie der Himmel oder auch türkisfarben wie das Sommerkleid, das sie am Freitag getragen hatte, als sie aus dem Bahnhof kam und sich an seinen Tisch gesetzt hatte.

Etwas verhalten und zögerlich steckte er den Schlüssel ins Schloss der Haustür, drehte ihn herum, betrat langsam den Flur, ging ins Wohnzimmer, in die Küche, klopfte an ihr Arbeitszimmer, bekam keine Antwort. Dann öffnete er die Terrassentür, ging in den Garten, ging zu der Holzhütte, die sie gemütlich für Gartenpartys und Gäste eingerichtet hatten. Die Tür war offen. Als er seinen Fuß auf die Schwelle gesetzt hatte, sah er sie da am Tisch sitzen. Sie blickte ihm entgegen, die Augenlider halb geschlossen, und er wusste diesen Blick nicht zu deuten. Vorwurf, Sorge, Wut, Ungewissheit, Fragen. Er wusste es nicht.

„Erzähl mir bitte nicht", sagte sie mit beherrschter Stimme, „dass du hier geschlafen hast, eben spazieren gegangen und jetzt wiedergekommen bist. Wo warst du?"

„Ich habe im Hotel übernachtet."

„Alleine?"

„Nein."

„Wer ist sie?"

„Das muss ich dir nicht erzählen."

„Ich kann es mir denken. Betty."

„Wer ist Betty?"

„Die Kollegin, die immer mit einer Dose Bier und einer Zigarette in den Garten geht. Du hast sie sehr sympathisch gefunden. Sie ist gestern Abend nicht gekommen."

„Ach die! Nein, sie ist es nicht."

„Du weißt, worauf das hinausläuft?" sagte Mathilde.

„Nein."

„Auf Scheidung. Geh, pack deine Sachen und verschwinde!"

„Ich wohne hier. Du kannst mich nicht so einfach auf die Straße setzen."

„Doch kann ich. Du hast keinen Pfennig zum Bau des Hauses beigesteuert."

„Du auch nicht. Ich bleibe hier, bis ich etwas anderes gefunden habe."

„Wie stellst du dir das vor?"

„Mathilde, beruhige dich. Wir lassen jetzt ein paar Stunden vergehen und reden heute Abend miteinander. Am besten bei einer Flasche Wein."

„Du weißt, dass ich nichts trinke."

„Dann mach doch mal eine Ausnahme."

„Von wegen! Damit ich dann so werde wie du, du alter Saufkopf."

„Wir müssen eine Lösung finden. Wie heißt das so schön? Einen Interims-kompromiss. Auf keinen Fall kann ich jetzt meine Tasche packen und verschwinden. Wo soll ich wohnen?"

„Geh doch zu deiner Geliebten, zu deinem neuen Abenteuer. Sie freut sich bestimmt."

„Geht nicht. Dazu ist alles noch zu frisch."

„Dann nimm dir ein Hotelzimmer. Du weißt doch, wo das ist."

„Mathilde, noch einmal. So geht das nicht. Ich schlage vor, dass wir hier zunächst in getrennten Bereichen leben. Ich in meinem Arbeitszimmer. Die Schlafzimmer sind sowieso getrennt. Wir haben zwei Bäder. Das mit der Küche regeln wir. Den Rest des Hauses kannst du haben, also das Wohnzimmer und so weiter."

„Du kannst dich meinetwegen zunächst im Gartenhäuschen einrichten. Du kommst durch das Gartentor herein und gehst auf dem Weg auch wieder hinaus."

„Und duschen?"

„Neben dem Swimmingpool ist eine Dusche."

„Die ist kalt."

„Das täte dir gut, damit du wieder klar im Kopf wirst."

12

Schön ist der Kaffeebaum. Mit schneeweißen Blüten, die nach Jasmin duften. Am Montagmittag traf er sich mit Chiara in der kleinen Kneipe am Hauptbahnhof.

„Wie war deine Heimkehr, Max?" fragte sie.

„Viel Theater. Wir gehen jetzt im Haus getrennte Wege."

„Das tut mir leid. Nein, tut mir nicht leid."

„Ich werde mir eine Wohnung suchen. Diese Stimmung ist schrecklich. Man kann sich ja nicht ganz aus dem Weg gehen. Die Küche benutzen wir gemeinsam. Zuerst wollte sie mich auf die Straße setzen, dann sollte ich mich ins Gartenhäuschen verziehen. Schließlich haben wir am Abend miteinander geredet und eine zwischenzeitliche Lösung gefunden."

„Sie weiß, wer ich bin?"

„Nein. Das habe ich ihr nicht erzählt. Auf jeden Fall kann ich jetzt kommen und gehen, wann ich will. Ich muss keine Erklärungen abgeben und Ausreden erfinden."

„Läuft das auf eine Scheidung hinaus?"

„Ja. Ist aber nicht kompliziert. Wir haben Gütertrennung. Das Haus gehört sowieso ihr. Ach ja", ergänzte er mit einem Schulterzucken, „eigentlich ein trauriges Kapitel. Aber was soll ich machen? Ich liebe dich und die Ehe war schon seit langem ruiniert. Wie hat denn deine Schwester reagiert? Vorwürfe?"

„Nein. Höchstens etwas Neid. Sie hält das für ein kurzfristiges Abenteuer."

„Und du?"

Sie schüttelte den Kopf, lächelte ihn an, nahm seine Hand. „Nein, ich habe mich in dich verliebt."

„Schön. Und was machen wir jetzt? Du bist noch zehn Tage in Köln."

„Wir können uns jeden Tag treffen."

„Gut. Dann mache ich das so: Für diese Zeit wohne ich im ‚Domblick'. Du musst nur mit deiner Schwester klarkommen."

„Gerne. Kein Problem. Aber wie ist das mit dir? Macht es die Situation im Haus nicht schlimmer?"

„Die Lage ist geregelt. Ich habe freien Ausgang."

„Musst du nicht Unterricht vorbereiten? Du brauchst dein Arbeitszimmer."

„Ach was! Ich bereite schon seit langem keinen Unterricht mehr vor. Es ist einfach, in der Schule über Literatur und Philosophie zu plaudern. Und Klausuren oder Klassenarbeiten, die zu korrigieren sind, stehen noch nicht an."

Sie lächelte, wiegte sanft den Kopf, als könne sie das alles noch nicht glauben, sagte: „Cafezinho. Was daraus geworden ist!"

13

Am Abend war er wieder in Rodenkirchen, um eine Tasche zu packen und für zehn Tage im ‚Domblick' zu wohnen. Er klopfte an Mathildes Arbeitszimmer, sagte, was er vorhatte. Sie wirkte gelassen und ruhig, schien sich in das Unvermeidliche zu fügen.

„Was soll ich machen?" erklärte er. „Ich habe mich verliebt. Ich kann das Gefühl nicht wie bei einem Lichtschalter ausknipsen. Es geht nicht. Sie ist noch zehn Tage in Köln. Dann fliegt sie zurück nach Brasilien."

„Du hast sie hier in Köln kennengelernt?"

„Ja. Zufall, Schicksal, Fügung. Ich weiß es nicht. Aber es ist so passiert."

„Und wenn sie wieder in Brasilien ist?"

„Weiß ich nicht. Ich habe noch keine Ahnung."

„Wie alt ist sie? Wie heißt sie?"

„Chiara. 45 Jahre."

„Na ja. Dann ist es ja wenigstens deine Alterskategorie."

„Du nimmst es erstaunlich gelassen."

„Was soll ich machen? Ich kann dich nicht einsperren oder festbinden. Du wirst ihr hinterherfliegen?"

„Möglich."

„Und die Schule? Wovon willst du leben? Oder hält sie dich aus?"

„Könnte sie. Aber das will ich natürlich nicht. Mathilde, ich habe wirklich keine Ahnung, wie das weitergeht."

„Scheint mir, du bist in einer Middlelife-Krise oder bist dem Johannistrieb verfallen."

„So ist das nicht."

„Das sagen sie alle. Tobe dich meinetwegen zehn Tage aus. Dann sehen wir weiter."

„Ich tobe mich nicht aus. Das ist kein Kinderspielplatz."

„Dann benimm dich auch nicht so. Und jetzt geh!"

14

„I see a red door and I want it painted black. I see the girls walk by dressed in their summer clothes."

Middlelifekrise, Johannistrieb? Was meinte sie mit ‚Johannistrieb'? Er kannte den Begriff aus der Botanik. Es war der zweite Blattaustrieb, ein zweiter Frühling. Frisches Grün an Bäumen und Sträuchern. Im übertragenen Sinn war das dann wohl eine neu erwachte Sexualität. War das nicht eine eher abfällige, vielleicht sogar scherzhafte Bezeichnung mit dem Inhalt

‚Naja, mach es. Es geht wieder rasch vorbei. Eine kurze Geschichte nur.‘ Möglich, dass Mathilde das so meinte. Es ging nicht nur um Sex. Glaubte sie, dass er sich in eine Phantasie hineinsteigerte, einer vorübergehenden Besessenheit unterlag, bald wieder vernünftig werden würde? Glaubte sie das oder hoffte es sogar? Das Buch der Ehe war für ihn gelesen. Jetzt fehlte nur das Zuklappen des Buchdeckels. Irgendwann Termin beim Amtsgericht. Hoffentlich stimmt sie einer einvernehmlichen Scheidung zu. Dann wird es etwas billiger. Chiara aufzugeben konnte er sich nicht vorstellen. Sicher, alles war sehr rasch gegangen. Aber was hieß das schon? Man konnte auf einem Treppchen vorsichtig Schritt um Schritt ins Wasser gehen. Man konnte aber auch mit einem Kopfsprung direkt hinein. Die Hauptsache es war tief genug. Und genau diese Zuversicht hatte er. Sogar in der Schule war er beschwingt, gut gelaunt. Selbst den Lärm bei der Pausenaufsicht ertrug er gelassen. Das war ihm vorher ziemlich auf die Nerven gegangen. Einmal im Hotel zu wohnen wie Udo Lindenberg war ein angenehmes Abenteuer. Man wurde an der Rezeption freundlich begrüßt, hatte keine häuslichen Pflichten wie etwa Müll wegbringen, spülen, sich Einkaufszettelchen vorlegen lassen, Rasen mähen und so weiter. Freiheit pur. Es war die Unterbrechung einer langweiligen, belastenden Routine. Es war wie ein Fenster, das man endlich öffnet, um frischen Wind hereinzulassen.

Chiara kam jeden Tag, blieb jede Nacht. Manchmal verbrachte sie die Nachmittage bei ihrer Schwester, dann mit ihm.

„Ist sie nicht enttäuscht?" fragte er.

„Ach was. Sie hat doch ihren Mann. Dann muss sie mir meinen auch gönnen. Ich bin keine ewige Witwe. Außerdem kommt sie im September nach Brasilien."

„Erzähl mir von Bahia!" bat er. „Wie ist es da? Ich habe noch keine Ahnung."

„Gar keine? Nun gut. Bahia ist ein brasilianisches Bundesland, etwas größer als Frankreich. Mit über 1000 Kilometern Atlantikküste und wunderbaren Stränden. Es ist der südlichste Teil des brasilianischen Nordosten. Die Hauptstadt ist Salvador, direkt an der Küste. Meine Plantage liegt westlich von Salvador in Santa Maria da Vitoria. Ich schreibe dir die genaue Adresse auf und hoffe, dass du bald kommst. Nicht nur zu Besuch. Wenn dir das in Deutschland alles über den Kopf wächst, dann komm und bleibe. Wir haben viele Möglichkeiten. Du wirst sehen."

Auf ihrem Smartphone zeigte sie ihm Bilder. Strände, Palmen, bunte Häuser, Musik in den Straßen, lachende, fröhliche Menschen.

„Das ist das echte, ursprüngliche Brasilien", sagte sie. „Rio ist allerdings auch schön. Da würden wir uns treffen. Dann siehst du einmal den Zuckerhut, den Christus, die Copacabana."

Sie zeigte ihm auch Bilder von der Plantage. Da sah er zum ersten Mal einen blühenden Kaffeebaum. Eine große Lust nach Leben und Abenteuer ergriff ihn. Er dachte an den Maler Gauguin und dessen Überfahrt nach Tahiti. „Dreiundsechzig Tage voll fieberhafter Erwartung, voll ungeduldiger Träume der ersehnten Erde entgegen. Ich war weit, weit fort von den europäischen Häusern, diesen Gefängnissen."

15

An einem Donnerstagmorgen begleitete er sie zum Köln/Bonner Flughafen. In der

Schule hatte er sich für diesen Vormittag krankgemeldet. Und so fühlte er sich auch. Er hatte sich an sie gewöhnt. Jetzt würde er wieder alleine im Bett liegen. Nichts Neues eigentlich. Das hatte er jahrelang gemacht. Aber jetzt war es anders. Chiara würde fehlen. Nun ja, der Rest vom August und dann der September, das war zu überbrücken. Sie würden über Skype täglich miteinander telefonieren. Er hatte vorgeschlagen: „Anfang Oktober gibt es Herbstferien. 12 Tage. Ein Wochenende und ein Feiertag kommen noch dazu. Wir treffen uns in Rio."

Sie hatte gelächelt, gesagt: „Das machen wir ganz anders. Rio ist zu weit. Am 5. Oktober habe ich einen Geschäftstermin in Lissabon. Es geht um den Export von Rohkaffee. Ich fliege vorher und wir treffen uns dort."

Auch ihr setzte der Abschied sichtlich zu. Sie schob die Sonnenbrille auf die Stirn, wischte sich verstohlen ein paar Tränen aus den Augen, umarmte ihn und sagte: „Meu querido, não me esqueça." An der Sicherheitskontrolle drehte sie sich noch einmal um, winkte ihm zu. Mit gemischten und eher mulmigen Gefühlen machte er sich auf den Weg nach Rodenkirchen.

Es war früher Nachmittag, als er dort ankam. Mathilde saß im Wohnzimmer. Er traute seinen Augen kaum. Vor ihr standen eine Flasche Portwein und ein halbvolles Glas. „Du auch?" fragte sie ihn. Er schüttelte den Kopf. „Nein, Danke! Zur Zeit nur Kaffee."

Sie zeigte auf ein Päckchen, das auf dem Couchtisch lag. „Da ist eine Büchersendung für dich angekommen. Ich habe es aus Versehen aufgemacht. Du hast einen Sprachlehrgang bestellt - ‚Einstieg Brasilianisch'? Ich denke, die sprechen Portugiesisch."

„Ja. Im Wesentlichen. Aber es gibt typisch brasilianische Nuancen."

„Das andere Buch heißt ‚Die Kaffeebibel: Von der Plantage zur perfekten Tasse'. Was willst du denn damit?"

„Lesen. Erste Kenntnisse sammeln. Sie hat eine Kaffeeplantage."

„Sie ist weg?"

„Chiara? Ja."

„Die Schule hat übrigens angerufen. Wegen der Planungssicherheit. Sie wollten wissen, ob du Morgen wieder kommst."

„Und? Was hast du gesagt?"

„Dass ich das nicht wüsste. Du würdest zur Zeit im Hotel wohnen. Bekommst du Schwierigkeiten?"

„Ach was! Ist doch nicht verboten, im Hotel zu wohnen."

„Nimm es nicht zu leicht! Studienrat verlässt Ehefrau und haust mit einer Brasilianerin im Hotel. Das gibt zumindest ein paar Minuspunkte bei deiner Direktorin."

„Die hab' ich sowieso."

„Dann werden es ein paar mehr."

„Mathilde, lass uns vernünftig miteinander reden. Wie soll das weitergehen? Wie können wir uns hier arrangieren? Ich habe keine Lust, jetzt Hals über Kopf eine Wohnung zu suchen und Geld zu verpulvern."

„Aha, daher weht der Wind. Der Herr braucht Geld für andere Projekte."

„Ich habe noch keine anderen Projekte. Können wir eine Art Burgfrieden vereinbaren? Wir müssen uns doch nicht bekämpfen."

„Mal sehen. Überlege ich mir noch."

„Seltsam", dachte Maximilian Ende, „da hockt Mathilde unten im Wohnzimmer und trinkt Portwein, während ich hier oben in meinem Arbeitszimmer sitze, Kaffee trinke und das Buch dazu lese. Mich aber nennt sie einen ‚alten Saufkopf'." Es war das erste Mal, dass er sie Alkohol trinken gesehen hatte. Zeigte das nicht, wie sehr sie unter dem Konflikt, dem Scheitern der Ehe litt? Die Fassade der Unantastbarkeit, der Beherrschtheit, der Prinzipien, der Strenge fiel.

Kaffee, Cafezinho! Wo hatte er das gelesen, dieses Lob des Kaffees? War das nicht bei Theodor Fontane gewesen? ‚Irrungen, Wirrungen'? Er ging die Bücherreihe an den Regalen vorbei, streifte über die Buchrücken, landete bei der Fontane-Ausgabe, zog den Band heraus, ‚Irrungen, Wirrungen', blätterte. Richtig, da stand es. Damals hatte er es blind überlesen ohne nachzudenken, ohne Wissen, ohne Ahnung, was für ein Weg es war von der Plantage in die Tasse. Ohne Kenntnis, was einem der Kaffeebaum, der ursprünglich aus Äthiopien kam, schenkte. Er las:

„Also Kaffee. Irgendein Philosoph, es muss einer der größten gewesen sein, hat einmal gesagt, das sei das Beste am Kaffee, dass er in jede Situation und Tagesstunde hineinpasse. Wahrhaftig. Wort eines Weisen."

Die Kaffeebibel steckte voller Überraschungen. Da nahm man täglich gedankenlos Kaffee zu sich, ohne zu wissen, welch abenteuerliche Geschichten hinter dem schwarzen Getränk steckten. So waren zum Beispiel früher in manchen arabischen Ländern die Männer verpflichtet, ihre Frauen mit Kaffee zu versorgen. Versäumten sie es, kamen ihrer Pflicht nicht nach, bedeutete das Scheidung. Das müsste man heute einmal vor dem Amtsgericht anbringen, dachte Maximilian Ende. Der Richter fragt die Frau: „Warum wollen Sie sich scheiden lassen?" – „Weil mein Mann mir verbietet, Kaffee zu trinken." Der Richter würde mit dem Kopf wackeln. Der Araber aber würde sagen: „Aus die Maus! Diese Ehe ist am Ende."

In Deutschland wäre die Geschichte ziemlich anders. Der Richter fragt den Mann: „Warum wollen Sie sich scheiden lassen?" – „Meine Frau verbietet mir, Bier zu trinken." Der Richter nickt. „Da haben Sie recht. Das geht nicht. Die Ehe ist hiermit rechtskräftig geschieden."

Cafezinho. Von der Schule auf die Plantage! Was hatte Chiara gesagt? Richtig: „Wir haben viele Möglichkeiten." Zum Beispiel Barista werden. Kaffee perfekt zubereiten. Ihn abschmecken wie ein Sommelier den Wein. Das war es doch: Nicht nur den Rohkaffee in Säcke verpacken und verschiffen, sondern auf der Plantage eine eigene Rösterei einrichten, ein Café für die Verkostung, wenn die Händler kamen, um die Qualität der Bohnen zu überprüfen. Wie schön wäre es, etwas ganz, ganz Neues zu machen und nicht mehr im Unterricht über den blöden Satz des Descartes ‚Cogito, ergo sum!' – ‚Ich denke, also bin ich!' zu schwadronieren. Der blödeste Satz der europäischen Geschichte! Der Beginn eines abartigen Rationalismus. Hätte Descartes doch besser gesagt: „Ich liebe, also bin ich!" Dann wäre einem das derzeitige Irrenhaus mit seinen ganzen Krisen erspart geblieben.

Ja, das würde er Chiara in Lissabon vorschlagen. Nicht nur den Rohkaffee in Säcke verpacken, sondern eine eigene

Rösterei aufbauen und ein Café für die Verkostung einrichten, damit die Händler überprüfen können, was aus den besten Bohnen der Plantage werden kann. Wäre eine Idee. Chiara hätte bestimmt noch ein paar andere.

Über seine Schwärmerei hatte er ganz die Zeit vergessen und auch Mathilde. Gegen Zehn legte er sich schlafen, war schon im Dämmerzustand, als es an die Tür klopfte. „Ja?" brummelte er. Die Tür öffnete sich. Im Lichtschein, der vom Flur hereinfiel, sah er Mathilde kommen. Sie blieb vor seinem Bett stehen, fragte: „Darf ich mich zu dir legen. Es ist schrecklich, alleine zu sein."

17

„Ja", antwortete er überrascht. Komm!"

„Aber bitte keinen Sex", sagte sie. „Du hast heute Morgen noch bei einer anderen gelegen."

„Ja. Verstehe ich. Da passiert nichts."

Insgeheim aber dachte er: Warum eigentlich nicht? Hatten nicht Könige und Scheichs mehrere Frauen!? Aber nein! Hier funktioniert das nicht. Du bist nur ein blöder Studienrat.

Sein Vater hatte ihm einmal von der 68er-Generation erzählt. „Wer zweimal mit derselben pennt, gehört schon zum Establishment! Da gab es noch Kommunen. Allerdings auch viel Streit. Konfliktfrei war das nicht."

Sie fühlte sich gut an, als sie in seinem Arm lag, den Kopf an seine Schulter gelehnt. Warum nicht früher?

„Verdammter Mist", sagte er. „Es tut mir leid. Aber die Wege gehen jetzt anders."

„Warum?" fragte sie. „Warum ist das so passiert?"

„Ich habe dieses abgesteckte, bis zum Tod durchgeplante Leben nicht vertragen. Kein Vorwurf an dich. Wahrscheinlich habe ich Vieles auf dich projiziert. Ob zu recht oder unrecht, darüber will ich jetzt gar nicht diskutieren. Im Wesentlichen aber geht mir die Anstalt, die Schule, auf den Senkel. Dieses Quatschen über Literatur und Philosophie vor jungen Menschen, die das eigentlich nicht hören wollen, aber dazu gezwungen sind. Dieser Kampf gegen Windmühlen. Und dann in der Philosophie diese Richtlinien, die sich staatliche Idioten ausdenken. Richtlinien und Philosophie! Was für ein Unsinn! Und dann musste man das in der Coronazeit auch noch mit Maske vortragen. Ich hatte das Gefühl, in einem Irrenhaus zu sein. Diese elende Anpassung! Warum? Weil man dafür bezahlt wird, Angst hat, auf der Straße oder bei Hartz IV zu landen. Man muss diese Angst verlieren, etwas Neues wagen. Ich hätte dich an meiner Seite gebraucht. Aber du hast ja die gleiche Angst gehabt."

„Ein Vorwurf an mich? Ist es nicht schön, ein eigenes Haus zu haben und einen sicheren Beruf? Mir jedenfalls macht er Spaß. Ich gehe gerne in die Schule."

„Nein, kein Vorwurf. Wir sind da eben unterschiedlich."

„Was hätte ich anders machen müssen?"

„Weiß ich nicht. Nichts. Ich hätte die Weichen anders stellen müssen. Aber egal jetzt. Es ist schön und angenehm, dich zu spüren. Und das mit dem Burgfrieden vergessen wir. Ein freundlicher Frieden ist besser."

„Das ist so schwer", murmelte sie und begann mit einem leisen Schnarchen einzuschlafen. Er schnupperte das angenehme Aroma von Portwein, das aus ihrem Atem kam und dachte: Nicht nur Kaffee ist gut. Auch Wein hat eine überraschende Wirkung.

18

Am nächsten Morgen war er wieder in der Schule. Noch vor Unterrichtsbeginn saß er bei einer Tasse Kaffee im Lehrerzimmer. Ein Kollege kam. „Max, du sollst mal zu der Schütte kommen!"

Franziska Schütte war die Direktorin. Ein nicht unattraktives, stämmiges Weib, das in modischen Hosenanzügen herumlief, von denen sie eine ganze Galerie hatte. Der blonde, kurze Bubihaarschnitt passte dazu. Wenn sie mit einem sprach, hatte sie den Kopf leicht gesenkt und blickte einen von unten nach oben an. Maximilian Ende erinnerte das an einen Stier, wenn er mit gesenktem Kopf in die Arena stürmte. Sie saß auch im Kölner Stadtrat bei den Grünen.

„Viel Glück!" murmelte der Kollege hinter ihm her.

Durch das Sekretariat ging Maximilian zum Direktorinnenzimmer, klopfte an.

„Herein bitte!" hörte er von drinnen.

Er trat ein, dachte: Die Höhle des Löwen.

Sie saß hinter ihrem Schreibtisch, hielt den Kopf etwas schräg und leicht gesenkt, blickte ihm von unten entgegen.

„Ach, der Herr Dr. Ende! Sie sind wieder gesund?"

„So ziemlich."

„Sie wohnen noch im Hotel? Telefonisch waren Sie nicht erreichbar. Ihre neue Adresse haben wir auch nicht. Und Ihre Frau wusste nicht Bescheid. Das geht nicht. Sie müssen mit Ihrem Arbeitgeber in Kontakt bleiben."

„Ich brauchte einmal vier neue Wände um mich. Ist doch nicht verboten. Oder?"

„Nein. Verboten ist das nicht. Aber es werden nicht nur die vier Wände gewesen sein."

„Richtig. Da war noch ein verdammt hübsches Weib dabei."

„So? Und das hat sie krank gemacht?"

„Ich war erschöpft."

„Nun gut. Ich habe mir einmal Ihre beiden Kursmappen angesehen. Leistungskurs Deutsch und Leistungskurs Philosophie. Die Mappen sind ja leer. Nicht ein einziger Eintrag. Weder Namen der Schüler, noch Datum der Stunde und was Sie unterrichtet haben. Sie sind dazu verpflichtet, das Thema einzutragen. Und noch etwas. Warum weigern Sie sich permanent, befördert zu werden?"

„Ich bin nicht verpflichtet, befördert zu werden. Ich bin mit meinem Status recht zufrieden. Außerdem wissen Sie doch selbst, dass es eine Frauenquote gibt."

„Was wollen Sie damit sagen?"

„Nichts. Ich habe nur keine Lust, an dem Gerangel teilzunehmen und mich wie meine männlichen Kollegen beim europäischen Gerichtshof zu beschweren."

Der Gong zur ersten Stunde ertönte.

„Ich müsste jetzt gehen", sagte er.

„Ja, bitte, gehen Sie. Aber ich werde Sie beobachten."

„Das kann ich auch selbst", antwortete er und verließ das Zimmer.

19

Als Mathilde wieder nüchtern war, gestaltete sich das Zusammenleben mit ihr zunächst als eine Grauzone zwischen Burgfrieden und freundlichem Miteinander. Bis es nach etwa vier Wochen zu verständnisvolleren Gesprächen kam. Die Wege hatten sich getrennt. Aber deswegen musste man sich nicht mehr bekämpfen. Jetzt saßen sie abends bei einem Glas Wein zusammen und redeten.

„Du bist eine attraktive Frau", sagte Maximilian. „Du wirst etwas Neues, Besseres finden als mich. Eine neue Liebe. Warte es ab."

Sie legte ihre Stirn in Falten. „Max, du willst nur einen Freipass haben und schmeichelst mir jetzt."

„Nein. Es gibt genug andere, die die gleichen Ziele und Einstellungen haben wie du."

Sie kommentierte das nicht, schwieg zunächst. Sie denkt wahrscheinlich, überlegte er, dass sie eigentlich nur mich will und keinen anderen. So wie die verbotenen Früchte die verlockendsten sind. Aber irgendwann wird sie es akzeptieren. Dann kommt es. Amtsgericht, einvernehmliche Scheidung.

„Was denkst du eigentlich wirklich? Was fehlt?"

„Die Femininität."

„Du meinst mich?"

„Nein. Der Zeitgeist ist pathologisch. Die Lebensweise. Unter Erfolg versteht man nur wirtschaftliches Fortkommen. Übertriebene Betonung von Rationalismus und Positivismus. Kein Platz mehr für Überraschungen, für Ungewissheit und Wagnis. Alles überreguliert und in scheinbaren Sicherheiten gefangen. Verplanung. Neurotische Störung des Emotionalen. Das Technische dominiert. Das Gleichgewicht zwischen Verstand und Herz ist aus der Balance geraten. Auch das zwischen Wissenschaft und Weisheit und zwischen Analyse und Intuition. Femininität? Das ist der Weg zum menschlichen Herzen."

Nach dem Unterricht ging er nicht mehr nach links zur Kneipe am Hauptbahnhof. Dort würde er alleine sitzen und immer daran denken, wie Chiara in ihrem türkisfarbenen Sommerkleid aus dem Eingang des Bahnhofs gekommen war, sich erst einmal suchend umsah und dann auf seinen Tisch zusteuerte. Nein, nach der letzten Stunde ging er nach rechts und fuhr mit der Straßenbahn nach Rodenkirchen.

In seinem Arbeitszimmer telefonierte er jeden Abend – in Brasilien war es Nachmittag – mit Chiara. So ließ sich die Trennung hilfsweise überbrücken. Sie erzählte ihm, wie die Ernte der Kaffeekirschen verlief und vor allem: „Ach Max, ich freue mich auf Lissabon!" Er berichtete, dass er halbwegs mit den Verhältnissen und Mathilde zurechtkam. Burgfrieden. Ein Begriff, den er zu erläutern hatte.

Ende September, als sie ihn anrief, meldete er sich mit den Worten: „Boa tarde, minha querida. Como vai isso? Estás bem?"

Sie lachte. „Oh, du sprichst Portugiesisch! Tudo bem!"

„Naja", meinte er. „Ich bin dabei, es zu lernen. Aber es ist natürlich noch nicht perfekt.

Von seiner Idee, von seinen Plänen, seinem Vorschlag – Barista, Rösterei - erzählte er noch nichts. Das würde er in Lissabon machen unter vier Augen. Nicht am Telefon.

Mathilde hatte inzwischen auch ihre Pläne für die Herbstferien. Mit ihrer Frauengruppe nach Mallorca. Sogar Betty, das war die mit der Bierdose und der Zigarette, war mit dabei.

„Du also nach Lissabon", sagte sie zu ihm. „Naja, du triffst dort Chiara. Warum habe ich das Gefühl, dass du nicht mehr zurückkommst? Jedenfalls vorerst nicht. Du wirkst so seltsam gelassen und heiter. Fährst du morgens in die Schule, könnte man meinen, du freust dich auf den Kölner Rosenmontagszug. Irgendwie hast du eine lustige Distanz bekommen. Früher hast du immer das Gesicht verzogen, wenn es ab zum Dienst ging."

Er schüttelte den Kopf. „Ich weiß doch gar nicht, was passiert. Erst einmal zwei Wochen Portugal. Dann werde ich mich auf den Winter einrichten und auf die Kassandrarufe von Karl Lauterbach. Müsste ich allerdings wieder mit Maske unterrichten, wird es schwierig."

„Max", sagte Mathilde. „Sei kein Romantiker. Sei vorsichtig. Wenn du Geld brauchst, gib mir Bescheid, rufe mich an."

„Danke. Aber ist nicht nötig. Ich habe etwas gespart."

20

An einem der Nachmittage, es war schon gegen Ende September, hörte er Oldies auf WDR 4. Klavierauftakt, Gitarren-Akkorde, Schlagzeugklänge. Soft-Rock-Rhythmus. ‚The year of the cat' von

Al Stewart. Das Jahr der Katze. Er lauschte dem Text, den Lyrics.

She comes out of the sun in a silk dress running like a watercolor in the rain she doesn't give you time for questions as she locks up your arm in hers and you follow 'till your sense of which direction completely disappears. In the year of the cat.

Sie kommt dir aus der Sonne entgegen in einem Seidenkleid wie ein Aquarell im Regen. Sie lässt dir keine Zeit für Fragen, schließt deinen Arm in ihren und du folgst ihr, bis du deinen Sinn für die Richtung völlig verloren hast. Im Jahr der Katze.

Und wieder dachte er an diesen Moment, als Chiara in ihrem seidenen, türkisfarbenen Kleid im Eingang des Bahnhofs aufgetaucht war. Wusste er da schon, ahnte er da schon, dass sich sein Schicksal, sein Weg drehen würde? Eine Minute, zwei, bevor sie sich an seinen Tisch setzte. Wissen? Nein. Das kann man nicht wissen. Aber vielleicht hatte das Unbewusste schon Signale empfangen. Achtung! Gleich passiert was. War so etwas möglich oder war das esoterischer Unsinn? Er zuckte mit der Schulter. Mag sein. Mag nicht sein. Gab es nicht noch viele geheimnisvolle Phänomene in einer Zeit, die sich für aufgeklärt hielt? Letztlich war diese Überlegung aber egal. Die Hauptsache, sie war gekommen, hatte sich an seinen Tisch gesetzt.

In der nachfolgenden Nacht träumte er von ihr. Sie hatte sich bei ihm untergehakt, führte ihn eine unbekannte Straße entlang. Er wurde wach, konnte nicht wieder einschlafen. Er ging auf den Balkon, sah am Himmel ein seltenes Bild. Neben dem vollen Mond leuchtete hell die Venus und wanderte mit dem Mond zusammen dem Horizont entgegen.

21

Dann kam der 1. Oktober. Samstag. Am Morgen hatte er eine SMS bekommen. „Já estou aqui. Vou te buscar no aeroporto." Zur Sicherheit, sie wusste ja nicht, wie weit er schon Portugiesisch konnte, hatte sie es auch auf Deutsch geschrieben: „Ich bin schon da. Ich hole dich am Flughafen ab."

Er hatte ihr bereits vor zwei Wochen seine Daten geschickt. Frankfurt ab mit TAP, der portugiesischen Linie, um 19.40 Uhr. Ankunft Lissabon 21.50 Uhr.

Mathilde war schon am frühen Morgen zum Köln/Bonner Flughafen gefahren, um mit ihrer Frauengruppe nach Mallorca zu fliegen. Sie hatte ihn zum Abschied umarmt, gesagt: „Wer weiß, wann ich dich wiedersehe!?"

Gegen Mittag fuhr er mit dem ICE nach Frankfurt, hielt sich bei einem Kaffee fast nur im Bistro auf, um der Maskenpflicht zu entgehen. Auch dieser Kaffee ist ein Cafezinho, ein besonderer, sagte er sich. Er liebte es, mit wenig Gepäck zu reisen. Ein kleiner Rucksack nur, den er mit an Bord nehmen konnte. Kleidung würde er überall kaufen können. Wichtig an erster Stelle waren natürlich Reisepass, Führerschein und Kreditkarte. Das verwahrte er in einer Reißverschlusstasche innen in seiner blauen Lederjacke, mitsamt dem Smartphone. In einer anderen Innentasche war das Geld, das er abgehoben hatte. Im Rucksack befanden sich nur etwas Wäsche, eine Zahnbürste, ein paar Dokumente, die eventuell, was er aber noch nicht wusste, wichtig sein konnten. Und dann war da noch ein Notizbuch mit Adressen, Telefonnummern und PINs. Und noch der Portugiesisch-Lehrgang, Buch und CDs, und die ‚Kaffeebibel', auf die er nicht verzichten wollte.

Pünktlich um 19.40 Uhr rollte der Airbus der TAP auf die Startbahn, die Turbinen heulten auf, die Maschine beschleunigte, hob ab. Er hatte gut drei Stunden Zeit, um sich noch einmal die Kapitel durchzulesen, die sich mit der Tätigkeit des Barista befassten. Es war vielfältig. Er würde einiges aus-zuprobieren und zu lernen haben, müsste über Wissen und Erfahrung verfügen, um einen exquisiten Kaffee in die Tasse zu zaubern. Aber war es nicht spannend, Händlern aus aller Welt zu begegnen? Irgendwie anders als in einem Lehrerzimmer zu sitzen und über Schüler und Richtlinien zu sprechen. Aber noch hatte er Chiara nichts von seinen Plänen erzählt.

Man musste zu einem Kaffee kommen, der das Prädikat ‚Grand Cru' verdiente und hochwertig war. Die Voraus-setzungen, um gute Kaffeekirschen zu ernten, waren, soweit es Chiara ihm erzählt hatte, gegeben. Höhenlage in der Umgebung von Santa Maria da Vitoria, tropisches Klima, guter Boden.

Der Barista war so eine Art Barkeeper für Kaffee, der sich auf vielerlei verstehen musste. Es ging nicht nur darum, einfach eine Siebträgermaschine zu bedienen. Da waren neben der Kaffeequalität noch andere Faktoren im Spiel. Wassertemperatur, Mahlgrad, die Menge des Kaffeepulvers, die Durchlaufzeit, der Druck des Wassers und vor allem die Qualität des Wassers, das am besten mittelhart sein sollte. Der Kaffee konnte sogar so launisch sein, dass er bei unterschiedlichem Wetter auch unterschiedlich schmeckte. Bei einem Cappuccino oder Latte Macchiato hatte man die Technik für den Milchschaum zu lernen. Auch die Schäumtechnik war eine Wissenschaft für sich. Wie anspruchsvoll der Beruf des Barista war, zeigte sich daran, dass es Barista-Meisterschaften gab. Er hätte nicht nur als Barista Erfahrungen zu sammeln, sondern musste sich auch mit dem Rösten des Kaffees befassen. Was nutzte der beste Barista, wenn die Bohne in der Rösttrommel falsch behandelt worden war.

Mit dem Lesen der ‚Kaffeebibel' verflog die Zeit rasch. Die Maschine ging tiefer. Das Anschnallzeichen leuchtete auf. Er sah unter sich den Lichterteppich von Lissabon. Irgendwo da unten wartete Chiara. Er war nervös.

22

Mit seinem kleinen Rucksack eilte er durch den Flughafen, vorbei an den Bändern für die Gepäckaufgabe. Dann lagen sie sich in den Armen. Er vergrub sein Gesicht in ihren Haaren, sagte: „Finalmente! O tempo sem ti estava vazio." Endlich! Die Zeit ohne dich war leer.

Mit dem Taxi fuhren sie zum Hotel. „Es liegt am Rand der Altstadt", sagte sie. „In Alfama." Als sie angekommen waren und er den Namen des Hotels sah, musste er lächeln. „Das hast du absichtlich so ausgesucht", meinte er. „Portas do céu. Die Tore zum Himmel. Schön. Es stimmt."

Eine Stunde später, gegen Mitternacht, saßen sie auf dem Balkon der Suite, die sie gebucht hatte, tranken Vino Verde.

„Dort drüben, am anderen Ufer des Tejo, wo die Lichter sind, das ist der Stadtteil Almada. Morgen zeige ich dir zuerst die Altstadt. Wir fahren mit einer alten Straßenbahn dadurch. Und am Abend musst du eins der Fadolokale kennenlernen. Lissabon ist meine Lieblingsstadt. Wir haben zwei Wochen Zeit. Oder? Für wann hast du deinen Rückflug gebucht?"

„Für Sonntag, den 16. Oktober. Die Herbstferien sind am Samstag, den 15. zu Ende. Der Flug ist aber nur gebucht. Noch sitze ich nicht in der Maschine."

„Wie meinst du das?"

Er erzählte ihr von seinen Plänen.

Sie sah ihn erstaunt an. „Ja. Rösterei. Ein kleines Café für die Verkostung. Daran hatten wir auch schon gedacht. Aber dann ist mein Mann mit dem Motorrad verunglückt. Ich alleine habe mir das nicht mehr zugetraut. Würdest du das wirklich machen?"

„Ja. Man kann alles lernen."

„Und die Schule?"

„Vergangenheit."

„Du willst deine Arbeit aufgeben?"

„Ich lasse ein Unglück hinter mir."

Sie schüttelte den Kopf. „Ich kann es kaum glauben."

„Esso isso! Es ist so. Ich weiß nur noch nicht, wieviel Kapital man für das Projekt braucht."

„Kein Problem. Ich habe genug."

„Aber dann gibt es eventuell ein anderes Problem. Ich bekomme bei der Einreise ein Visum nur für drei Monate."

„Auch kein Problem. Ich habe gute Beziehungen zur Policia Federal in Salvador. Die verlängern das. Es gibt auch noch eine andere Lösung, wenn du einverstanden bist."

„Welche?"

„União Estável. Die Lebensgemeinschaft. Das wird notariell beglaubigt. Du hast eine brasilianische Adresse. Wir richten dir auch ein Konto ein. In dein Smartphone kommt eine neue Sim-Karte mit einer brasilianischen Nummer."

„Lebensgemeinschaft? Ich bin noch mit Mathilde verheiratet."

„Macht nichts. Weiß niemand."

Er schloss die Augen, lehnte sich zurück, atmete tief durch, lächelte. Er nahm das Glas mit dem Vino Verde, stieß mit ihr an. „Na dann!"

23

Beim Frühstücksbuffet sagte er: „Bevor wir die Altstadt erkunden, müssen wir das mit dem Flug nach Rio regeln. Hoffentlich ist noch ein Platz in deiner Maschine frei."

„Kein Problem. Dann buche ich eben um. Das Datum ist variabel. Ich habe meinen Laptop dabei. Am 5. habe ich den Termin mit der Lissaboner Rösterei. Danach können wir uns wünschen, was wir wollen."

„Und ich setze gleich den Brief an die Schule auf. Das Hotel hat Briefpapier und Umschläge. Schöne Grüße aus Lissabon. Sie bekommen es dann rechtzeitig."

„Ich kann es kaum glauben. Du machst das wirklich."

„Was denn sonst!"

Während sie später auf dem Zimmer den Flug nach Rio recherchierte, setzte er das Schreiben an die Schule auf.

‚Sehr geehrte Frau Schütte, ich entziehe mich endgültig Ihrer Beobachtung und kündige hiermit den Schuldienst. Sie werden leicht Ersatz finden und es ist gewiss kein Schaden, wenn ich fehle. Mag im Literaturunterricht ein anderer den ‚Homo Faber' erklären. Was die

Philosophie betrifft, ist es völlig egal, da in den Richtlinien sowieso nur Blödsinn steht. Wenn es noch etwas zu regeln gibt, schreiben Sie bitte an meine unten angegebene brasilianische Adresse. Mit den besten, aber fernen Grüßen aus Lissabon, Dr. Maximilian Ende.'

„So!" sagte er zu Chiara. „Zugeklebt und erledigt. Jetzt muss nur noch die Marke drauf und ab auf die Post."

„Okay", meinte sie. „Ich bin auch so weit. Umgebucht auf Sonntag, den 9. Oktober. Abflug nach Rio 11.45 Uhr. Direktflug mit TAP. 9 Stunden. Wir bleiben ein paar Tage in Rio. Den Flug nach Salvador regeln wir dort. Das Hotel in Rio ist auch schon gebucht. Das ‚Copa Sul'. Liegt nur zwei Minuten vom Strand entfernt, von der Copa Cabana. Ich hoffe das ist nicht gefährlich. Die Mädchen dort sind sehr hübsch und den Bikini sieht man kaum."

„Keine Gefahr. Du bist konkurrenzlos."

Den Brief gab er an der Rezeption ab.

„Komm!" schlug sie vor. „Wir gehen jetzt zunächst zum Fähranleger am Tejo. Dort kenne ich ein kleines Café. Das Wetter ist herrlich. Sonne, 25 Grad. Danach fahren wir mit der Tram durch die Altstadt."

„Ich liebe Lissabon", sagte er.

24

Beim Check-In am 9. Oktober meinte er: „Chiara, du bist verrückt. Wir fliegen erster Klasse?"

„Mach' ich immer. Was hast du denn geglaubt!? Und wegen dem Geld bitte keine Sorgen. Auf diesem Flug bist du mein Gast."

„Chiara, du bist unmöglich!"

„Warum? Bereust du deine Entscheidung?"

„Was soll ich bereuen? Es ist wunderbar, mit dir eine neue Welt zu entdecken."

Eine Stunde später sprangen die Turbinen an. Der Airbus erhob sich in die Luft.

Maximilian Ende hatte all die Bilder vor sich. Rio, Salvador, Santa Maria da Vitoria. Die Plantage. Rote Kaffeekirschen. Schneeweiße Blüten, die nach Jasmin dufteten.

Als die Maschine ihre Flughöhe erreicht hatte, bestellte er sich einen Kaffee, sagte zu der Stewardess: „Um cafezinho, por favor!"

*

www.ruediger-schneider.net